지는 것에 대한 화해

지혜사랑 260

지는 것에 대한 화해

최윤경

지혜

시인의 말

다시 가을입니다
다시 가을이 가고 있습니다
물들어가는 나뭇잎을 보면서
누렇게 펼쳐진 들판을 보면서
다들 주어진 제 자리에서
열심히 사느라고 참 애썼다고
토닥거려 주고 싶습니다

노을이 내리는 하늘 바라보며
속울음만 울던
작은 내 속의 언어들이
모락모락 나를 피우고
모락모락 나를 지피고
매일 꽃이 되고
날마다 힘이 되기를

그럴 수 있기를

2022년 어느 늦가을에
최 윤 경

차례

2부

3부

4부

• 일러두기

페이지의 첫줄이 연과 연 사이의 띄어쓰기 줄에 해당할 경우 >로 표시합니다.

1부

별

난 너의 마음 정수리에
가장 먼저 떠서
가장 늦게 지는
하나의 별이고 싶다

너에게 하고픈 말

내가 너에게
자주 안부를 묻는 것은
특별한 일이 있어서가 아니다
그냥 내 마음에
네가 늘 궁금하고
네가 늘 보고 싶고
네가 늘 들어 있기 때문이다

내가 너에게
자주 안부를 묻는 것은
특별한 이유가 있어서가 아니라
넌 나에게
있는 그대로의 네가
언제나
특별하기 때문이다

눈발에 찔리다

네가 가만히 날리는구나
네가 조용히 쌓이는구나
이렇게 가슴이 떨리도록 휑해져야
차곡차곡 더 보고픈 거구나
속으로 녹는다는 건 스민다는 건
정말 의미 있는 거구나
녹지도 않고
스미지도 않는
서걱서걱한 느낌조차도
그리움 그 격한 쓸쓸함의 혼돈이구나
내리는 눈발에 저절로 찔려
철철 넘치는 희디 흰 말들
허공이 참 붉구나
그랬구나
나는 지금도 혼자서 참는 법 연습하고 있구나
나는 오늘도 나를 지켜내는 기다림을 연습하고 있구나

간절하게

어느 날
뜻밖에 우연히 마주친
들꽃을 보는 기쁨처럼

사랑스럽게
보고싶게
그립게

우리 그렇게 살아지면 좋겠어요

독감 앓이

허공이 텅 비었다
군락을 이루던 초록이
나목으로 서 있는 날
시려운 바람 분다
병원 가는 길목
독감으로 나부끼는 내 몸에서
버려진 낙엽 냄새가 난다
날리고 쌓이는 휑한 몸짓 사이로
나목은 안다
비워내고
비워지는 이유를
살아냄의 이유를
겨울이 오고
가고
다시

이 또한 봄은 오리라

허공에 잠긴 허공

잠긴 줄도 모르고 거꾸로 선채
늪의 허공 묵화처럼 번져오는 풍경
아기새의 목덜미에 감긴 가는 숨소리가
깊게 젖은 늪의 품에서 아득히 새어 나온다
저며둔 쓸쓸함이 지느러미처럼 사운 거리며
그리움의 늪 새롭게 한다
은밀한 고요 속 문득 사람들이 낯설어진다
늪이 지닌 부드러운 허공
가끔은 내가 아닌 너로 살고 싶을 때
저렇게 반대로 허공을 안을 수 있다면
그리운 채 아픈 채로 살지 않아도
그 마음 그 가슴 알 수 있지 않을까
늪에서 너를 만난다
보이는 것마저 다 끌어안지 못해
늘 나를 글썽이게 하는
그 속에 무엇이 살고 있는지 모르면서도
나를 담고 있는 너를 닮은 늪
우포, 어쩌면 너도 내 생의 한 부분이구나
나 여기 이대로 서서
너를 그냥 오래 마중하고 싶다

느리거나 더디거나

조용히 생각해보니
나는 내 아픔만 보았습니다
나는 내 사랑만 보았습니다
내 마음에 깃드는 것들에 대해서
고마움도 소중함도 몰랐습니다

가만히 생각해보니
그대도 아팠습니다
그대의 사랑도 보입니다
내 마음에 집 지은 많은 것들이
선물이고 기쁨이고 감사라는 걸
어느 날 알았습니다

깨달음과 철듦은
왜
늘
더디게 올까요

몇 박자 느리게 와서
왜
늘
눈물과 후회를 줄까요

사랑, 덧없는

사는 동안
아니 죽어서도
너 없이는 안된다고
그렇게 믿었던 때 있었다
한 번쯤은

한 남자 울고 있다
한 여자 반대편에 서서
똑같이 울고 있다

덧없다 사람
그러나 사랑

지는 것에 대한 화해

꽃잎 떨어진다
마치 봐 달라는 듯
오래 눈 맞춰 달라는 듯
떨어진 모습 속 간절함으로
내가 있다
분명 피어있었음에도 핀 줄도 모르고
지는 것만 보이던 나는
지는 꽃 보다가
날 보다가 절절 아프다
와스스 무너지는 꽃들의 우레같은 절규
나 이렇게 슬픈 걸 보니
아직은 남아있구나
아직은 살아있구나
꽃잎 줍다가
금세 사르르 녹아버리는 한 잎
툭 놓아버린다
아직은 뜨겁게 살고 싶은 나와
종종 사는 거에 대해 싸늘해지는 내가
부딪치며 화해하며 온건히 살고 싶어졌다

산사에서

풍경 소리 은은히 번지는 새벽
탑돌이 탑돌이 한다
두 손 모아 기도 올리면
나
조그만 보시라도 될 수 있을까

차갑게 사락대는 고요 속
발효된 근심 보따리
하얗게 내리는 저 눈발에 풀어버리면
나
어두운 마음에 별 하나 뜰 수 있을까

바람을 우는 낯선 종소리
심장에 쿵 하고 울리는데
백팔배를 건너 천배로 엎드리고 나면
나
백팔번뇌 녹아 나비처럼 가벼울 수 있을까

바람의 결

너와 부딪치는
생의 통로가
바람이 지나는 가볍고 부드러운
결이라면

너의 혀에도
너의 눈에도
너의 향기에도
나는 기꺼이 나를 맡기겠네

너의 몸을 빠져나온 결들이
나를 스칠 때마다
너도 함께 스며 고운 결이 될 테니까
다툼의 뼈들이 둥글게 다듬어져
바람의 몸이 될 테니까

부드러운 길

숲길을 가만가만 걷고 있자니
단단한 것들 몸 푸는 소리가 난다
조곤조곤 말 거는 몸짓이 온다
묵어 옹이가 되어버린 감정들
물렁한 손결 내밀며 살을 기댄다
부드러운 숲에 깃드니
나도 부드러움에 이른다
햇살을 안고 있는 나뭇잎 사이로
끄덕이며 바람이
끄덕이며 내가
길을 낸다
길이 나를 지난다
나무만큼 하늘만큼
사람이 푸르다
허공이 빛난다

말 못

혀가 찍은 한 번의 못질에
가슴에 대못 박혔다
위장이 뒤틀렸다
내리친 말 망치에
내려가지 못하고 굳은 말들
몇 번씩 밖으로 내쏟는다

말에 단단히 체했나 보다

깊이 박힌 말의 못총들
뽑고 빼내며
웈 웈 웈
입덧 아닌 입덧을 하며

나는 내 혀로
누군가를 찌르고
누군가를 쏘지 않았는지
생각하고 생각한다

역류에 역류다

바람이 내린다

두둑두둑
햇살 가득한 날
느닷없이 내리는 거친 바람을 본다
바람이 소나기 소리로 내리고
여물고 있는 가래나무 열매로 내리고
익어가는 밤송이로 내리고
우루루 몰려오는 말발굽으로 내린다
두두두 두두두두
바람은 분다라고만 생각했다
시골 고요한 주택에 앉아 있다가
바람도 서슬 퍼렇게 내린다는 걸 알았다
서 있는 나무의 몸 바깥으로
맺혀 영글며 흔들리는
둥그런 목숨 길 따라
바람이 우둑우둑 내리는 날에는
조용한 몸들에서
우두두두 우두두두
속 타는 비명소리가 난다

살아있다는 건

자꾸
누군가 궁금해지고
자꾸
누군가 생각이 나고
자꾸
누군가 보고 싶어지고

혼자서
괜히
웃음도 나고
눈물도 나고

불과 며칠 사이

밥 잘 먹고 잘 자라는
당신이 보내온 문자 속에
당신이 보내지 못한
외로움 한가득

밥 잘 먹고 잘 자라는
내가 보낸 문자 속에
내가 보내지 못한
외로움 한가득

그렇게 외로움 한가득 나누어 먹으며
배부르다
배부르다

울컥 힘없는 당신 모습 떠올라
당신 없는 내 곁

당신
나도 고프다

2부

나는

사랑받고 있나 보다 나는
너는
내가
네 마음 속에 넘치도록 흐른다 하니

사랑하고 있나 보다 나는
나는
네가
내 마음속에 끝없이 차오른다 하니

행복한 사람인다 보다 나는
사랑받고
사랑하는 나는

뒷모습 향기

뒷모습엔 고요과 겸손이 공존한다
앞에서 보이는 환한 웃음이
등에서 피워내는 눈물꽃일 수도 있겠다
사람아, 사람이 미울 때면
뒷모습을 보라
등에서 내리는 서럽고 추운 햇살이
얼마나 눈물겨운 몸짓인지 알게 된다면
결고운 눈빛으로 사람을 마주할 수 있으리
뒷모습엔 용서가 있다
밝은 슬픔 같은 것이 앞모습이라면
뒷모습엔 드러내지 못하는 비밀한 적요가 산다

해후

너의 습기로 가득한 세상
동공으로 울컥 빗물 든다

빗소리 생생한 밤
뒤척이고 뒤척이다가

문득
불면의 암호
해독하고 싶어진다

눅눅한 새벽
바람으로 날아가
너를 만난다면

붉어진 흰자위 맑아지려나

커피 한 잔의 득음으로

지독한 불면의 밤
낮에 마신 커피 한 잔
가끔 누가 이기나 해보자는 듯
오기로 마셔보는 커피
번번이 백기를 드는 건 내 몸이지만
나를 거부하며 허락하지 않는 커피 덕분에
가슴이 들려주는 느리고 더딘 시 하나 쓴다

편한 옷처럼 날 언제나 입어주는 너
가끔 까다롭고 못되게 굴어도
먼저 웃어주며 다가오는 너

너와 나 사이 못 보고 안 보고 살 일 뭐 있겠나
마음에 독 난 덧니 하나 뽑아버리면 되는 일인데

그저 어울더울 섞이며 안아보고 사는 게지
그렇게 마시며 비우면 되는 게지
밀어내는 네가 있으면
다가가는 나도 있어야 그게 세상이지
그게 사는 게지

희망과 절망 사이

함부로
절망이라고 말하지 마라
벼랑 끝 한 걸음 아래가
절벽 밑이라 해도
다시 돌아서서
한 걸음만 앞으로 오면
다시
엄청난 시작일 수도 있다
쉽게
절망이라고 믿지 마라
한 걸음만 끌어안자
절망은 여지가 있을 때
찾아오는 변명 같은 합리화
희망과 타협하고 싶은
마지막 몸부림이다

노을 눈빛에 젖어

침침해진 눈
보지 말고 살아야 할 것들
너무 많이 보고 살았나 보다
이리 쉽게 노안이라니

생을 바라보는 아름다움이란
그 이유만으로도 넉넉했는데

노을이 유난히도 예쁜 저녁
아득한 그리움 붉게 내려앉고
흐릿하게 번져오는 활자를 향해
돋보기 걸쳐본다

선명하고 커다랗게 박혀오는 글씨
버릴 것이 너무 많아 미안하다고
이제 좋은 것만 보고
좋은 것들로만
눈의 숲 채우라 한다

슬픔을 치다

바다는 가깝고
마음은 멀다
낯선 이국 땅
홀로 새벽 창가에 서서
바라보는 바다
낡은 나룻배에 비치는
사람의 그림자
울컥 눈물스럽다
그리움의 슬픔 우듬지까지 차올라
세차게 넘쳐오는 너를 쳐내며
혼자서 훔쳐보는
새벽녘 눈물 꽃

여름이 매미에게

내 속에 깃들어
나를 함께 울어줄 때
시원하게 내 몸에선 피가 돌았지
발그레한 뺨에선
아마 사과꽃 향기가 났었는지도

일생을 내 몸과 흔들리며
초록울음 지펴주던 너
내 생애
그만큼 향기롭던 시간이 또 있을까
그만큼 설레이던 순간이 또 있을까

같이 떠날 수 있어 행복하다고
아낌없이 나눌 수 있어서
더없이 좋았다고
내 몸에 네 울음 새겨
한층 더 깊은 생을 누릴 수 있었다고
그래서 고맙다고

울고 있는 저 여자

지하철에서 한 여자 울고 있다
손도 발도 작은 여자가 좁은 어깨 들썩이며
흐느끼고 있다
누가 무엇이 저 여자 눈물 우물에 쳐 넣은 걸까
지독한 실연을 당한 걸까
소중한 무엇을 잃은 걸까
저 여자 조그만 등에 기대어보고 싶다
가슴 속 이야기 조곤조곤 들어주고 들어보고 싶다
나의 어깨 빌려주고 싶다
어쩐지 눈물 만져주고 싶고
가만가만 내 손 내어주고 싶다
그녀의 가벼운 웃음이 되어주고 싶은 날
삶 속엔 소리 내지 못하고 살고 있는 아픔들이
너무 많이 있다고 말해주고 싶었다

너라는 꿈

가끔 꿈을 꿉니다
사랑의 모양으로 기억되고 있는 허상의 시간과
선명하게 지워지고 있는 허상이라는 기억에 대하여
사랑이라 믿었던 기억들이 하나씩 해체되고
그 속에서 아우성치며 누렇게 바래 가는 떡잎 같은 나
죽어가는 감정의 세포를 무감각하게 떼어내며
안녕 안녕이라는 짧고도 짧은 유언 남겨봅니다
한때 모든 살아있음을 꿈틀거리게 해주던
너라는 꿈
너에게서 꺼내져 울고 웃었던 나의 천국에
서서히 문이 닫히고
덜컥 다시 문이 열리면
나는 네 앞에 떨리는 몸을 부여잡고 울고 있습니다
좁아지고 험해지는 간격과 간격
그 사이에 다시 길이 나타나고
그 길 헤매며 나는,
나는 너를 찾다가 다시 길을 잃고
또 길을 잃고
가끔 꿈을 꿉니다
너를 잃어버리는 아득한 꿈을

가시장미

꽃망울 망울처럼
웅크린 가슴에 망울망울
너에게 피고
피우고 싶은 것들
너무 많은데
행여 질까 봐
지우게 될까 봐 나는

송곳 같은 가시 혀에
찔리지 않으려고
피나지 않으려고
멍울멍울 나는

장미 넝쿨 흐드러진 담장 앞에서
묻는다
장미 너도 가시 때문에 아프냐고
네 몸의 가시에 철철 찔려 본 적 있냐고

메밀꽃 보면서

난
꿈에서 막 깨어난 공주 되어
메밀밭 고랑고랑 날아다녔네

막 첫 잎을 여물고 있는 메밀꽃밭에 앞니가 막 돋은 꽃송이 보았네
고물고물 기지개 켜며 뿌–따 뿌–따 꽃나팔 물고 있는 아가들
뜰까 말까 망설이는 꽃망울에 간질간질 간질밥을 치고 말았네

가벼워라
기쁨이란 마주하는 눈 맞춤이구나
공주는 꽃들 보며
희고도 푸른 미소 마음껏 열어주었네
꽃잎이며 나비이며 바람이며
보이지 않는 어두운 날개들이
환희 젖도록
소리 내어 웃고 또 웃어 주었네

풍경 속 꿈같은 행복한 하루였네

불꽃놀이 그 찰나의 꿈

땅까지 들썩인다
찰나의 꿈이 되기 위해
불꽃은 지축의 심장까지 흔든다

불꽃놀이 불꽃놀이
화 화
훨 훨
후두둑

한순간 함성 빛나고 나면
부푼 마음 가득
고요가 꽃잎처럼 핀다

꿈은 찰나가 아니다
꿈은 가슴 속에 재워둔
뜨거운 불씨다

꿈은 함부로 지나치는 것들이
아깝고 아까워서
때를 기다리며 사는 거다
발화할 꿈을 피워내기 위해
열심히 찰나를 데우고 있는 것이다

입관

수의로 가려진 몸
적멸보궁이다

동전 몇 개
쌀 몇 알

남은 사람들이 남겨놓은 울음 한 종지

한 생이 이토록 가벼운 짐이었던가

공수래공수거
부디 가볍게
활활
훨훨

저묾에 비치는 눈

내 눈이 아마
저녁나절 깊어지는 노을빛 겸손을 담아두고 싶은 게다
비 온 뒤 흘러가는 운무의 날개들을
촉촉하게 그려내고 싶은 게다

새벽녘 피어나는 물안개와
작은 풀잎 끝 맺힌 눈물 한 방울과
이름 모를 들꽃들을 오래오래 기억하고 싶은 게다

맨몸으로 달려온 시간의 바퀴 눈밭에 굴리며
지는 것을 바라봄은
모두가 애처롭고 아름답다

죽어서도 빛날 것 같았던
젊은 날 망막의 하늘엔
보이지 않는 세월의 잔주름이 가득

흐려진 시력엔
어제와 오늘이 잠긴 채
안경 너머 감춰진 것들을 불러온다

깊어지고 붉어지고 낮아지는

저묾의 뜰엔
간절하게 돌아가고픈 아쉬움의 늪 하나 산다

친구의 독백

꽃 피고 지고 그러듯
우리 같이 웃고 울고
그러면서 살자 하더니
당신
가고 없네요
영영 없네요
당신 없이 난 웃고
당신 없이 난 울고
당신 없이 밥 잘 먹고
당신 없이 잠 잘 자고
당신 없이 잘 살고 있는데

당신은 그곳에서 어떤가요

행복한가요

나쁜 사람
나쁜 사람

절창

보고 싶다

그립다 그립다
백 마디 천 마디 말보다
더
그리운 말

보고 싶다

3부

내 생각

꽃 핀다고 다 봄은 아니더라
봄이라고 다 꽃피는 건 아니더라

봄은
마음으로부터
사람으로부터
사랑으로부터
피는 꽃이
진짜 봄이더라

가슴이 두 개인 사람

나는 가슴이 두 개인 사람이 좋다
가슴 속에 깊고도 푸른 가슴이 또 하나 있어
물결처럼 보듬고 안아주는 그런 사람이 좋다
내가 아프고 힘들어 기대고 싶을 때
가슴으로 묻고 들어주며
따뜻한 어깨 편하게 내어주는 사람
내가 아주 심한 잘못을 저질렀대도
화내지 않고 내 잘못 바닥까지 용서해주는 사람
언제나 나에게 빙그레 웃어주며
가득하게 가슴을 내어주는
나는 천 개 만큼 넓고 큰 가슴을 가진

그런 사람 갖고 싶다

갈대밭 노을 안에서

서로가 하나인 듯
하나가 서로인 듯
사운대는 갈대밭 걸으며
오늘 하루쯤 넉넉하게
너의 어깨에 나를 기대고
천천히 걸어보면 어떠리
가시 돋친 혀
보드랍게 갈아내고
날선 말들
말랑하게 녹여보면 어떠리
원두막 간이 쉼터에
노을막걸리 발그레 물들어가고
서로가 서로에게 취해가는
해질녘 갈대밭에 사랑이 온다
서로를 꺾지 않고
서로에게 맘껏 휘어주는
오늘 같은 오늘이
매일이면 어떠리

등 이야기

사람이 사람에게 차가운 등을 보이며 떠날 때는
이미 늦었네
안 보고 살겠다는 뜻이네
등을 보이며 떠나는 사람과
등을 보며 보내는 사람의 마음은 똑같이 아프다네
그 사이엔 원망이 있고 후회가 있고 눈물이 있다네
등은 연민이네
슬픈 용서의 마지막 몸짓이네
등이 사라지기 전에
뜨거운 가슴 보여야 겠네

꽃이란 이름은

꽃은 가장 아플 때 핀다
살점마다 불을 지펴
살 뼈까지 깊이 들이밀며 박힌다
땀에 젖은 용접공의 어깨에서
피어나는 생꽃
손끝에 걸리는 남루의 허접데기
환하게 지우면서
점점 견고해지는
꽃이란 이름은

허공의 문패에 봄이 걸리면
피고 피고
지고 지고
까닭모를 쓸쓸함의 이유가
피고 지는 폐허였음을

암시

자꾸 날갯짓 하지 마라
나
무섭다
두렵다

너
훨훨
영영 날아갈까 봐

새벽에

새벽 세시 반
내소사 하늘엔
별빛에 갓 돋은 새싹 같은 눈 내리고요
목어에 흔들리는 독경소리
번뇌의 바람 가르고 있었어요
가슴 속 껄끄런 티끌먼지 쥐다 조아려
백팔배 합장했지요
우거진 근심들 깃털처럼 깃들어
조금씩 가벼워졌어요
스스로 눈부처가 되어 엎드리고 보니
몸안에 스미는 눈결이 순해졌어요

안개

가끔 너에게서 짙은 안개를 본다
너는 없고 안개만 자욱할 때 있다
안개 걷히고 나면
다 그 자리 그 모습인데
문득 문득 네가 낯설다
너를 낯설어하는 나를 느끼며
너도 나에게서
그 까마득한 안개를 봤을까

나무가 숲이 되려면

한 나무 있었다
나무는 숲이 되어 보고 싶었다
혼자서도 숲이 될 수 있다고 생각했다
홀로 서서 멀리 있는 나무들 보았다
혼자서는 아무리 노력해도 숲이 될 수 없음을
나무는 알았다

적당한 거리와 간격이 어우러져
그 거리와 간격 품어주는 가슴이 없으면
숲이 될 수 없다는 것을
나무도 나무끼리 잘 섞일 수 있어야만
숲이 될 수 있다는 것을

우리는 혼자 사는 것 같지만
혼자가 아니다
기대며 어울리며 살고 있다는
따뜻한 깨달음 알기까지

우리도 분명 한때는
홀로 서 있는 나무였으리

노을에 피는

언제부터인지
노을만 보면
울컥 뜨겁고 따갑다

고인 채 흐르지 않는 슬픈 단면의 기억과
넘친 채 말라버린 또 다른 양면의 추억 속에
엄마와 이별과 눈물이
시간에 쌓여
자꾸만 더 아프고 아프다

나도 나이가 드나 보다
노을을 보며 엄마를 꺼내 보다니
웅크린 엄마의 날개들이
휘적휘적 날갯짓하는 날이면
내 속에 잠가 놓은 엄마를 푼다

조그맣고 여린 풀꽃 같은 울 엄마
내 안 가득
고요히 끄덕이며
언제나 웃고 있다

내겐 그 미소조차 너무 슬픈 울 엄마

봄꽃, 그 사이

꽃은 피는데
너는 지고 없다

맞아야 할 봄
많고도 많다고 생각했는데

봄꽃 핀다고
봄꽃 진다고
울지마라

날개처럼
바람처럼

기막힌 목숨아

엄마

울 엄마 보고파 산소에 가면
엄마라는 이름
아직도 소리 내어 부르지 못하지
말보다 먼저 눈물이 터져버려서

수천 번 수만 번 새겨보지만
언제나 기막히게 아프기만 한

울 엄마
내 속에 사는 가시나무

나에게 가시고기였던
울 엄마

봄은 바람과 함께

초록잎이 꽃잎이 풀꽃이
바람에 흔들립니다
바람이 사람도 부추깁니다
꽃이란 꽃 죄다 꽃바람 속으로
조금씩 조금씩 스며들면서
꽃잎 날리며 사람을 마중합니다

활활
봄이 타오릅니다
숨겨놓은 불씨들이 모조리 불꽃을 피웁니다

이봄
바람 앞에 흔들리지 않는 것이
아무것도 없나 봅니다

우리는

우리는 가끔 잊는다
지금 살고 있는 이 순간이
얼마나
행복인지를
사랑인지를
감사인지를

지나간 것들이
비록
눈물이었어도
고통이었어도
돌아보면
힘이었고 용기였음을

우리는 모른다
하루하루가
얼마나
소중한 선물이란 걸

깨달음은
늘
한 걸음 더디게 온다

동백

화분에 바삭 마른 채로 화석이 되어버린 꽃잎
목숨 끝끝내 부여잡고 있다가
스치는 손짓 하나에
와르르
목숨꽃 내려놓는다
한때 꽃이었다고
아니 죽어서도 꽃이고 싶다고
간절하게 매달려 있는 꽃숭어리
화르르 붉다
누구나 한 번쯤 붉지 않았던 때 있었던가
누구나 한때 꽃 아닌 적 있었던가
살화를 저지른 내 속 어디선가
자꾸만 변명의 꽃대 찔러대며
위로 아닌 위로를 한다
세상 어디에도 영원히 사는 것은 없다고
푸르고 붉은 시절 건너왔음에
지는 노을마저
뜨겁게 안아 볼 수 있는 거라고
붉어서 슬픈 동백의 한 생
손끝에 스미듯 저물고
베란다에 우수수 쌓인
동백의 사채 모아 경배한다

지는 꽃 대신 피어난 시 하나
오래오래 빛나길

매미가 운다

몸 빠져나간 곳에 허공이 들어 있다
주방 방충망에 그림처럼 붙어
질고 깊은 울음 토하던 그 매미가 걸어놓은 흉터였을가

어두운 갱년기 우물에 빠져 바보울보가 된 나와
굼벵이의 길고 긴 침묵을 깨고
이제 막 성체가 된 매미가
언제부턴가 몸도 마음도 부실한 고목이 되어가고 있는 나를
대신 울어주며 위로인 듯 구애인 듯 목청껏 울고 있다

길을 잘못 든 게야
너는 아마 수매미가 아닌 게야
너는 우거진 나무 속으로 깃들어
푸른 잎사귀 내음이 흠뻑 나는
싱싱한 암매미를 찾아가야 했던 게야

푸르딩딩 부항 뜬 어깨 위로
살풋 바람이 날릴 때
아
고막 찡하도록 울리던 그 울림

이미 늙어가고 늙어버린 낡은 몸뚱이

더 아프지 말라고 맴
그냥 활짝 웃어보라고 맴

가슴에 눈물주머니 허허롭게 부풀고
마음 허공 아득하게 내리는
우수수 소나기 같고
어쩌면 겨울 한복판에서 만난 굵은 눈발 같은

여름 한날 매미가 전해준
뜨끈뜨끈 어쩌면 칼얼음 같은
그 위로 가득한 전율

매미가 운다
아니 나를 대신 울어 준다

수많은 침 몸에 꽂히면서도
두 눈 꼭 감고 참았던 울음
순간 와스스 무너진다

4부

바람이 지나간 길

냉장고에 보관해놓은 무를 잘라보니 속이 휑하다
바람이 든 게다
바람은 어찌 그 많은 길을 더듬어
여린 무의 몸속까지 찾아든 걸까
검은 비닐에 푹 싸여
깊은 참선에 빠진 그 맘을 어찌 흔들고 갔을까
희디 흰 바람의 흉터를 만지며
오래된 집 천장에 방치된 거미줄을 보듯 한참 바라본다
낡은 몸에 깃든 마블링 꽃
퍼석한 말기의 허함을 확인이라도 해보겠다는 듯
바람은 폐쇄된 통로로 월담이라도 해보고 싶었을까
쓸모없어진 몸뚱이를 버리며
바람의 길에 버려질 무의 울음을 듣는다
무가 남겨놓은 쓸쓸한 슬픔
늙어지고 버려지는 것들에 대한 연민
몸 어디에선가 달그락 달그락
아픔의 소리들이 수저질을 한다
열반에 든 흰 몸이 차려놓은 생각의 밥상 앞에서
내 몸 곳곳 해탈의 강물을 몇 차례 헤엄쳐 본다

복숭아

낮빛이 볼그레한 복숭아 만났어요

복숭아 옆에 두고
발그레 두드러기 꽃 피우던 울엄마

마구마구 가려워졌어요

알러지처럼 문득문득 돋아나
참을 수 없는

울엄마 절절 보고픈 날엔
분홍빛 복숭아
울컥울컥 삼키고 싶어져요

길의 뒷모습

길에도 모습이 있다
상행의 빈 곳에 너를 두고
하행에 몸 싣는다
멀어지는 너의 모습에
참았던 눈물 터지고 만다
돌아가 안쓰러운 길 만져주고 싶다
머물며 너의 길 함께 걸어주고 싶다
여리고 지친 뒷모습을 가진 길
어둡고 쓸쓸하여 자꾸만 고개 돌려본다
넌 아무렇지도 않게
너의 길 견고하게 가고 있는데
뒤돌아보며 떠나오는 난 늘 네가 안쓰럽다
다행이라고 참 다행이라고
스스로 다독이며
돌아서서 먼 길 바라보면
하행의 곡선 깊이로
넌 내 속에 어느 새 들어와 있다

참 단단하게 잘 여문 너

마음 길

숲이라고 해서 나무가 그립지 않을까
나무라고 해서 숲이 그립지 않을까

숲도 나무가 보고 싶고
나무도 숲이 아련해질 때 있다

가끔 낯설어지는 사람과 사람

숲은 나무가 되고 싶고
나무는 숲이 되고 싶을 때 있어

간간 바람을 부르고
흰 구름과 새 떼를 바라보며
공간과 공간 속 함께 깃들고 싶은 것이다

적요

새벽 4시
도량하는 스님의 뒷모습과
바람과 나와 눈발

너무 깊어 가라앉거나
너무 얕아 흔들리거나

달빛 보름으로 차오른 흰 새벽
가벼이 날리지도 못하면서
나 왜 여기 서 있는가

적요의 숨소리에 끓고 있는 산사
퍼지는 목탁소리
번뇌처럼 아프다

바다에 오면 보이는 것들

방파제 등을 타고 불어오던
쓸쓸한 독백에
문득 귀가 시려왔지요

사람은 늙고
바다는 여전히 싱싱하다고

문득 슬픔의 늪 보았지요
틈이 되어주지 못한 내가 미안했지요
빈 의자로 앉아있지 못해 부끄러웠지요

바다의 몸에서 기억의 노를 젓고 있는
낡은 나룻배 같은 당신 보았지요

번져
번져
노을보다 진한 한숨 붉게 지는
당신 깊은 곳
고즈넉한 생의 그물에
눈물안개 뿌옇게 잠기는 소리
듣고 말았지요

>

미안해요
당신의 전부가 되어주지 못해서

기억은 사랑이었다

분명 사랑이라고
너 없으면 못살 것 같던 그런 날들 있었지

너만 아니면 잘살 것 같았던 그런 때도 있었지

돌이켜 보니
그 많은 것들 다 사랑이었다
사랑도 사랑이었고
눈물도 미움도 사랑이었다
사랑이 아니었다면 남아 있지 않았을
수많은 날들에 대한 흔적들

사랑이었기에 간절하게 기댔고
사랑이었기에 절절하게 아팠던
어쩌면 가슴에 화인처럼 찍힌

한 때

삶의 어귀 어디쯤 머문다 해도
지나온 날들 꺼내보며
다시 사랑이라 하겠지
다시 보고파 하겠지

쌓이고 흩어진 지나가 버린 날들에 대해서

간격

사람과 사람 사이
간격과 간격 넓히고 싶을 때 있다
손 멀리 마음껏 뻗어도
절대로 닿고 싶지 않을 때 있다
떨어진 거리만큼
소중해지고 간절해져서
안타깝게 보고 싶고 그리워질 때
그때
조금씩 아주 조금씩
다가가고 싶은 그런 때 있다
살다 보면 그런 때 있다
절실함 앞에서 가벼워질 때
왠지 내가 아무것도 아니라는 생각이 들 때
그런 날은
보이지 않는 간격과 사람 사이
얼마나 절절한 아픔인지
날 서게 보여주고 싶은 날 있다

가끔 이별

나는 가끔 너와 이별한다
돌아오기 위한 잠깐의 이별 속엔
너에게 다시 돌아오는 길 있다

미움의 늪에 사는
녹음 짙은 슬픔 지우며
초록빛 고운 바람 마음에 심기까지
꿈틀대는 울음과 번뇌
몇 번이고 부수고 허물다 보면
사라진 소망들 살아서 온다

맞다 그래
네가 나의 집이다
너 아닌 누가
나를 환대하며 품어주리

내 속에 네가 있고
네 속에 내가 있음을
익히 알고 있으므로

우린 가끔 이별을 통해
더욱 더 소중해진다

걸레의 힘

깨끗한 물속에 투명하게 헹구어져
햇살 좋고 바람 좋은 빨랫줄에 널려
눈부시도록 희게 웃고 싶다
나에게 함부로 더럽다 하지마라
내 살갗 낡아질수록
네 몸이 빛이 날 수 있음을
세상에 뒹구는 얼룩진 눈물
따뜻하게 닦아주는
나는 손수건 같은 가슴이다

깊어지기

깊은 물은
더 깊어지기 위해
더 깊은 사랑을 하며
더 깊게 많은 것들을 품어준다

얕은 물은
너무 가벼워
스치고 부딪치는 작은 것 하나에도
더 얕아지고
더 얇아진다

우리
속으로 흐르는 깊은 물길이 되자꾸나
얕은 물길 되어
자주 상처 받거나
자주 흔들리거나
자주 아프지 말고

귀도 그윽하고
눈도 그윽하고
가슴도 그윽해서
뭐든 꼬옥 안아주는
깊은 물 속이 되자꾸나

나무가 꽃에게

꽃피는 것이 사랑이라면
꽃지는 것이 이별이라면

무슨 사랑이
무슨 이별이
이렇게도 가벼운가

꽃피우기 위해
한순간
한순간
얼마나 너를 앓았는데
너는 마치 이별을 준비한 것처럼
너무도 당연하게
나를 지우고 있구나
나를 떠나고 있구나

엄마의 집

천변
무성히 자란 물풀의 집에
떼 참새 살고 있다

작은 날개들 넉넉하게 품어주는 엄마의 품처럼
집과 방 사이 흐르는 물소리 키우며
작음과 작음이 어우러진
비밀스런 푸른 통로

엄마인 물풀과
아가인 참새들이
불어가고 불어오는
바람의 온기 마시며
저녁밥처럼 익어가는 곳

그곳 지날 때면
밥 익는 내음 솔솔
엄마가 갓 지어준
하얀 쌀밥 고봉으로 먹고 싶어 진다

우기

오래오래
너에게 스미고
너에게 머물며
그렇게 젖고 싶다

때론 장대비로
때론 가랑비로
문득문득 너를 덮치고 싶다

여행

지금
나는
마음속에 붙은
슬픔의 비늘
몇 잎 떼어내는 중입니다

오늘
나는
텅 빈 가슴 속에
행복의 꽃잎
몇 잎 수놓는 중입니다

좋다

좋다
좋다
네가 좋다
그냥 좋다
너여서 좋다
너라서 좋다
내 곁에 있는 너
묵어갈수록 더 좋다
익어갈수록 더 좋다
참 좋다

마음과 마음이

나 너에게 깊이 닿았다
오랜 시간과
오랜 바람과
오랜 가슴이
이제야 열렸다

너무 오래 걸렸다
너를 내 맘에 오게 하기까지

많이 힘들고
많이 아팠다
너를 온전히 안아주기까지

너는 나를 참아주고
나는 너를 참아주고

애썼다 기다려주느라고
애썼다 바라봐주느라고

이제야 너에게 따뜻이 들려주는 말

나 너에게 온통 닿았다

해설

관계에 대한 탐구

– 최윤경 시집 『지는 것에 대한 화해』에 붙여

양애경 전 한국영상대학교 교수

관계에 대한 탐구

– 최윤경 시집『지는 것에 대한 화해』에 붙여

양애경[1] 전 한국영상대학교 교수

한 시인에 대해 알고 싶으면 적어도 한 권의 시집은 읽어봐야 한다. 최윤경 시인께 세 번째 시집의 원고를 받고 단번에 끝까지 읽었다. 쉬운 말들이 가슴을 쳤다. 그리곤 더 궁금해졌다. 이분이 이 쉬운 말들에 도달하기까지의 과정이 어떠했는지, 그리고 이게 과연 쉽게 나온 말일지. 그래서 먼저 내신 2권의 시집을 받아 읽고, 저자와 많은 이야기를 나누었다. 그리곤 고개를 끄덕였다.

최윤경 시인은 2004년「시와 시학」에 김재홍선생의 추천으로 등단하여 2006년에 첫시집『슬픔의 무늬』[2]를 발간했다. 김재홍선생은 첫시집의 해설에서, '최윤경의 시세계를 관류하는 것은 비관적인 생의 인식이고 비극적인 세계관'[3]이라고 했다. 이때의 시「슬픔이 슬픔에게」에서 그녀는 '슬픔은 사라지는 게 아니고 문드러져 뼈에 스미는 것'이라

1) 시인, 전 한국영상대 교수
2) 최윤경,『슬픔의 무늬』, 시학, 2006
3) 최윤경, 위의 책, 113면

고 노래했다. 첫시집의 어조는 열정을 넘어서서 격정적이며, 다양한 제재를 다채로운 시어로 거침없이 써내려갔다. 작품은 누가 봐도 우수했다. 그런데 이러한 과정이 섬세하고 여린 감성을 가진 시인에게 힘들었던 것 같다. 생활 속에서 겪으면서 1번, 시로 풀어내면서 또 1번, 이렇게 마음에 생채기가 나면서 그녀는 문단에 나가지 않고 15년을 침묵한다.

두 번째 시집 오늘은『둥근 시가 떴습니다』[4]가 나왔을 때, 나태주 선생은 표사에서 "매우 사랑스런 시들을 읽습니다. 둥글고도 말랑말랑하고 귀엽습니다. 신선하기까지 합니다."라고 소개했다. 첫시집이 날카롭게 마음을 베는 시였다면, 최윤경 시인은 두 번째 시집을 '둥근 시'로, 다 둥글어지지는 않았더라도 둥근 시를 쓰고자 하는 희망으로 바꾸는 큰 변화를 보여주었다.

세 번째 시집『지는 것에 대한 화해』의 시어는 두 번째 시집의 시어보다 더 둥글어졌다. 그럼에도 구석구석에서 그 둥글어짐이 그냥 얻어진 것은 아님이 읽힌다. 필자는 이 글에서, 최윤경 시인이 걸어온 마음의 길과, 그 길에서 시인이 어디에 닿았는지를 이야기하고자 한다.

1. 뜨겁게 사랑하다

격정이라고 할 만한 사랑을 겪지 않은 사람은 인생에서 큰 부분을 알지 못하는 것이리라. 사는 동안 내내 네가 있어

4) 최윤경,『오늘은 둥근 시가 떴습니다』, 현대시학사, 2021

야 한다고, 아니, 죽어서도 너 없이는 의미가 없다고 할 만한 운명적인 사랑. 뜨겁게 사랑할 수 있는 사람이 있는, 그런 행운이 시인에겐 있었다.

사는 동안
아니 죽어서도
너 없이는 안된다고
그렇게 믿었던 때 있었다
한 번쯤은

한 남자 울고 있다
한 여자 반대편에 서서
똑같이 울고 있다

덧없다 사람
그러나 사랑
–「사랑, 덧없는」 전문

그런데 왠지 씁쓸한 어조다. '그렇게 믿었던 때 있었다' 다음의 '한 번쯤은'이란 말이 삐딱하다. 지금은 아니란 말이다. 두 사람은 평행선에 서서 서로를 마주보고 있다. 남자도 울고 반대편에 선 여자도 운다. 살아서도 죽어서도 서로가 없이는 안될 만큼 사랑하는 사이였는데, 지금은 만나지 못하는 두 길에 분리되어 있다. 누가 두 사람을 억지로 떼어놓은 것이라면 위로가 되련만 그것도 아니다. 서로가 서로에게 실망하여 나눠진 것 같다. 둘 다 불행하다. 시인은 '덧

없다 사람'이라고 씁쓸한 어조로 독백한다. 사람은 원래 자기중심적인 존재이고 선과 악을 동시에 갖고 있다. 그렇지만 우리 사이는 그런 것을 뛰어넘는 애정이 있는 줄 알았다. 그런데 우리도 그냥 (이기적인) 사람일 뿐이다 란 뜻이 읽힌다. 그런데 마지막 행은 다르다. '그러나 사랑'이다. 그래도 결론은 사랑이라는 것이다. 시적 화자(시인)는 아직 두 사람의 관계를 포기하지 않았다. 편안하게 읽히는 시들 중에서 이 작품이 눈에 번쩍 띄었다. 그래서 필자에겐 이 작품이 '최윤경 시인의 시 읽기'의 동기가 된 첫 작품이 되었다.

원래 두 사람의 사랑은 표면적으로 조용해 보이면서도 격렬했다.

오래오래
너에게 스미고
너에게 머물며
그렇게 젖고 싶다

때론 장대비로
때론 가랑비로
문득문득 너를 덮치고 싶다
–「우기」 전문

1연에선 사랑의 대상에게 스미고 머물며 젖고 싶다고 했다. 물같은 사랑이다. 깊숙하게 스미는 사랑이다. 2연에선 그걸로 만족하지 못한다. 때론 가랑비에 옷 젖듯 자신도 상대도 모르는 사이에 젖어들고, 때론 장대비처럼 순식간에

격렬하게 상대를 덮쳐서, 흠뻑 적시고 말겠다는 의지가 보인다. 강렬한 사랑의 시이다.

그렇지만 사랑하는 사람은 우리의 아픈 곳이 어디이며 그 곳을 어떻게 건드려면 더 아파하는지를 알고 있는 존재이기도 하다. 그래서, 사소한 갈등만으로도 상처를 후벼파는 악행을 서로에게 저지르기도 한다.

송곳 같은 가시 혀에
찔리지 않으려고
피나지 않으려고
멍울멍울 나는

장미 넝쿨 흐드러진 담장 앞에서
묻는다
장미 너도 가시 때문에 아프냐고
네 몸의 가시에 철철 찔려 본 적 있냐고
–「가시장미」 부분

상대의 아픈 말에 가슴을 찔리면서 화자는 덜 상처받으려고 애쓴다. 상대의 가시 같은 말에 더 찔리고 더 아플수록 상대를 증오해야 하는데, 그 상대가 내가 사랑하는 사람이기 때문이다. 그래서 충격을 덜 받으려고 애쓰는 2중의 괴로움을 겪는다. 시인은 장미넝쿨 앞에서 묻는다. '너도 네 몸의 가시에 철철 찔려 본 적 있냐'고. 결국 깊은 상처가 나서 피를 철철 흘리는 것은, 상대가 찔러서라기보다는, 내가나 스스로를 찔러서라고 시인은 이해하려고 한다. 사랑하는 사람의 탓을 하느니 내가 내 탓을 하고마는 시인의 연하고 선량한 마음이 읽힌다.

시 「바람이 내린다」는 이번 시집에서 드물게 강렬한 느낌을 주는 시이다. 시 속의 화자는 시골 주택에 앉아 있다. 햇살이 가득한 화창한 가을날이다. 그런데 갑자기 거친 바람이 몰려온다. 바람은 가래나무 열매를 떨어뜨리고 밤송이를 떨어뜨리며, 마치 수많은 말馬들이 한꺼번에 치달리는 것처럼 세상을 뒤흔든다.

두둑두둑
햇살 가득한 날
느닷없이 내리는 거친 바람을 본다
바람이 소나기 소리로 내리고
여물고 있는 가래나무 열매로 내리고
익어가는 밤송이로 내리고
우루루 몰려오는 말발굽으로 내린다
두두두 두두두두
바람은 분다라고만 생각했다
시골 고요한 주택에 앉아 있다가
바람도 서슬 퍼렇게 내린다는 걸 알았다
서 있는 나무의 몸 바깥으로
맺혀 영글며 흔들리는
둥그런 목숨 길 따라
바람이 우둑우둑 내리는 날에는
조용한 몸들에서
우두두두 우두두두

속 타는 비명소리가 난다
–「바람이 내린다」 전문

두둑두둑, 우루루, 두두두두두두…. 비슷한 음향의 의성어가 변주를 일으키며 반복되면서 몰려오는 바람의 느낌이 난다. 시인은 '바람도 서슬 퍼렇게 내린다'는 걸 알았다고 한다. 뭘까. 이 작품 속에선 말하고 있지 않지만, 폭풍이 몰려와서 집과 나무들을 잡아 흔들듯, 시인도 서슬 퍼런 운명에 목덜미를 잡혀 마구잡이로 흔들리던 경험이 있는 것이 아닐까. 바람이, 나무가 오래오래 정성들여 피우고 열매 맺어 영글게 하던 생명을 한순간에 잡아채어 바닥에 팽개치듯이, 사람도 치명적인 질병이나 사고에 내동댕이쳐지는 순간이 있다. 그럴 때 가지가 찢어질 듯 우두두두 흔들리는 나무들처럼, 사람 또한 속타는 비명소리를 올릴 수밖에 없지 않겠는가.

그런 경험을 겪고 난 다음인 어느 날, 시인은 지하철 안에서 모르는 여자의 눈물에 직면한다.

지하철에서 한 여자 울고 있다
손도 발도 작은 여자가 좁은 어깨 들썩이며
흐느끼고 있다
누가 무엇이 저 여자 눈물 우물에 쳐 넣은 걸까
지독한 실연을 당한 걸까
소중한 무엇을 잃은 걸까
저 여자 조그만 등에 기대어보고 싶다
가슴 속 이야기 조곤조곤 들어주고 들어보고 싶다

나의 어깨 빌려주고 싶다
어쩐지 눈물 만져주고 싶고
가만가만 내 손 내어주고 싶다
그녀의 가벼운 웃음이 되어주고 싶은 날
삶 속엔 소리 내지 못하고 살고 있는 아픔들이
너무 많이 있다고 말해주고 싶었다
–「울고 있는 저 여자」, 전문

다행히 제대로 된 인간에겐 공감능력이 있다. 특히 최윤경 시인같은 사람은 더 그렇다. 이태원 참사가 일어나고 며칠이 지난 지금, 공감능력이 없는 인간들도 있다[5)]는 것에 사람들이 아직 놀라고 있지만 말이다. 무엇이 저 작은 여자를 '눈물 우물'에 빠뜨렸는지는 모르지만, 시인은 그녀가 울고 있는 사연을 다 들어주고 난 다음, 나도 아프다고, '삶 속엔 소리내지 못하고 살고 있는 아픔들이 너무 많이 있다'고 위로해주고 싶은 충동을 느낀다. 필자에게도 남들의 눈앞에서 엉엉 운 경험이 있다. 어머니의 진단서를 떼러 간 병원에서다. 눈치 보지 않고 소리 내어 울었고, 눈물로 일그러진 얼굴이 부끄러운 줄도 몰랐다. 하긴, 그곳은 병원이라서 울기엔 좋았다. 울기에 적합한 많은 사연이 거기 온 다른 사람들에게도 있을 것이라 생각되었기에. 그리고 아무도 왜 우냐고 묻지 않아서 고마웠다. 아마, 지하철에서 시인은 우는 여인에게 마음으로만 어깨를 빌려주었을 것이고, 그녀

5) 서울 이태원에서 핼로윈 축제가 열린 2022년 10월 29일 밤 10시 30분쯤, 서울 이태원의 경사진 골목길에서 150여 명의 젊은이들이 인파에 깔려 사망했다. 그때, 사람들을 떠밀었던 자들과, 119 구조대가 CPR을 하고 있는 곁에서 춤추고 노래했던 자들이 있었다. 공감능력이 심각하게 결여된 사람들로 추정된다.

역시 나처럼 그걸로 충분했을 것이라 여겨진다.

2. 가끔 이별하다

정이 많고 마음이 여린 사람일수록 그 정 때문에 앓는 일도 많아질 수밖에 없다. 돌려받을 것을 생각하고 정을 주는 것은 아니지만, 많이 받고도 돌려주기는커녕 이미 받은 것은 당연하고, 작은 서운한 일에는 날카롭게 대응하는 상대방에 마음을 다칠 일이 생긴다. 그러면 상대방을 새롭게 바라보게 된다.

가끔 너에게서 짙은 안개를 본다
너는 없고 안개만 자욱할 때 있다
안개 걷히고 나면
다 그 자리 그 모습인데
문득 문득 네가 낯설다
너를 낯설어하는 나를 느끼며
너도 나에게서
그 까마득한 안개를 봤을까
–「안개」, 전문

내 마음 같은 줄 알고 대하다가, 어느 날 요즘 아이들 말로 '현타[6]'가 올 때가 있다. '안개'는 무슨 생각을 하는 건지

---

6) 헛된 꿈이나 망상 따위에 빠져 있다가 자기가 처한 실제 상황을 깨닫게 되는 시간을 말하는 신조어.

도무지 이해할 수 없는 너와 나의 관계에서 피어오른다. 그럴 때 오래 사랑하던 사람이 낯선 타인처럼 보인다. 내가 너라고 생각했던 것은 누구이고 진짜 너는 대체 누구인가. 한번 그렇게 낯설어 보이고 나면 다시는 원래대로 돌아가기가 힘들다. 이쪽도 더는 상처 입고 싶지 않아서 방어하게 되는 것이다. 그런 내 마음을 너도 느꼈을까 하고 시인은 독백한다.

사람과 사람 사이
간격과 간격 넓히고 싶을 때 있다
손 멀리 마음껏 뻗어도
절대로 닿고 싶지 않을 때 있다
–「간격」 중에서

그래서 시인은 애써 상대와 거리를 두고 싶어진다. 시「간격」에서, 시인은 마음에서 상대방을 멀리멀리 밀어낸다. 상처 주는 너를 내게서 멀리해서 상처를 더 받지 않으려는 것은 물론이고, 네게도 나와 멀어지는 고달픔을 느끼게 해주고 싶은 것이다. 소극적인 복수다. 그것도 상대가 나를 사랑하지 않으면 아무 효과가 없는 일이건만.

사람이 사람에게 차가운 등을 보이며 떠날 때는
이미 늦었네
안 보고 살겠다는 뜻이네
등을 보이며 떠나는 사람과
등을 보며 보내는 사람의 마음은 똑같이 아프다네

그 사이엔 원망이 있고 후회가 있고 눈물이 있다네
등은 연민이네
슬픈 용서의 마지막 몸짓이네
등이 사라지기 전에
뜨거운 가슴 보여야겠네
–「등 이야기」 전문

관계에 대한 전문가다운 말이다. 사람이 사람에게 차가운 등을 보이며 떠날 땐, 이미 관계를 회복하긴 어려울 때라는 것이다. 그만 안 보고 살겠다는 마음. 그런 마음이 되기까지에는 많은 과정이 숨겨져 있다. 원망, 회한, 용서, 분노, 눈물, 체념, 결심…. 돌이키기엔 너무 먼 길을 온 것이다. 그렇지만 시인은 아직 마지막 기회가 있다고 말한다. 떠나는 사람도 보내는 사람도 고통스러우므로, 상대방에게 보이는 등은 '연민'인 것이다. 연민이 남아있는 한, 그를 붙들어서 뜨거운 가슴을 보인다면 아직 희망이 있다. 관계를 포기하지 않을 의지가 필요하다.

그래서 시인의 마음은 '지는 것에 대한 화해'에 이르게 된다. 표제시가 된 이 작품은 시인의 마음이 현재 있는 위치를 말해준다.

꽃잎 떨어진다
마치 봐 달라는 듯
오래 눈 맞춰 달라는 듯
떨어진 모습 속 간절함으로
내가 있다

분명 피어있었음에도 핀 줄도 모르고
지는 것만 보이던 나는
지는 꽃 보다가
날 보다가 절절 아프다
와스스 무너지는 꽃들의 우레같은 절규
나 이렇게 슬픈 걸 보니
아직은 남아있구나
아직은 살아있구나
꽃잎 줍다가
금세 사르르 녹아버리는 한 잎
툭 놓아버린다
아직은 뜨겁게 살고 싶은 나와
종종 사는 거에 대해 싸늘해지는 내가
부딪치며 화해하며 온건히 살고 싶어졌다
–「지는 것에 대한 화해」, 전문

우수수 떨어지는 꽃잎을 보며 시인은 지는 꽃과 자신의 모습을 겹쳐 본다. 피는 것과 지는 것. 사람들은 대개 꽃이 피어나는 것을 더 좋아하지 않는가. 왜 나는 꽃잎이 질 때가 되어서야 꽃을 바라보는 걸까. 슬픔으로 세상을 보는 삶의 자세 때문이 아닐까 하고 독백한다. 시인은 지극한 슬픔을 느낄 때, 오히려 '내가 아직 살아있구나'라는 실감을 하는 사람이다. 그러면서, '아직은 뜨겁게 살고 싶은 나와 종종 사는 거에 대해 싸늘해지는 나'가 충돌한다. 그렇지만 이제 원숙해졌다. 부딪치면서도 화해하며 온건하게 살겠다는 의지가 생겼다. 슬픔과의 화해라 할 수도, 슬픈 자신과의 화해라 할 수도 있는 마음이다.

3. 스며들다

자신에 대한 화해. 슬픈 내 모습도 한 발자국 물러서서 바라볼 수 있는 여유가 생겼을 때, 비로소 상대방에 대해서도 너그러워진다. 잠깐의 이별도 전에는 불안했다. 그렇지만 지금은 이별 또한 그에게 닿기 위한 길이라는 것을 안다.

맞다 그래
네가 나의 집이다
너 아닌 누가
나를 환대하며 품어주리

내 속에 네가 있고
네 속에 내가 있음을
익히 알고 있으므로

우린 가끔 이별을 통해
더욱 더 소중해진다
–「가끔 이별」 부분

서로가 서로에게 집이라는 확인은 두 사람의 관계를 공고하게 한다. 내가 있는 곳이 너의 집이고, 네가 있는 곳이 내 집이라는 확신이 있다면, 멀리, 오래 헤어져 있어도 걱정

할 것이 없다. 네가 간절히 내 곁으로 돌아오고 싶어 할 것을 알기 때문이다. 이별은 오히려 서로의 소중함을 일깨워준다.

그렇지만 이러한 확신이 쉽게 생긴 것은 아니다. 처음 만나 사랑을 시작했을 때의 걱정은 쉽게 사라졌고, 생활의 파도에 휩쓸리면서 덤덤해지기도, 문득 낯설어지기도, 서운하기도, 곁을 떠나고 싶을 때조차 있었다. 대개는 속을 보이지 않았기 때문인데, 그것은 젊을 때 누구나 저지르기 쉬운 실수다. 자존심 때문일 수도 있고, 말하지 않아도 알아주기를 바랬을 수도 있다. 하지만, 말하지 않아도 상대의 마음을 알게 되는 데는 한계가 있다.

방파제 등을 타고 불어오던
쓸쓸한 독백에
문득 귀가 시려왔지요

사람은 늙고
바다는 여전히 싱싱하다고

문득 슬픔의 늪 보았지요
틈이 되어주지 못한 내가 미안했지요
빈 의자로 앉아있지 못해 부끄러웠지요
–「바다에 오면 보이는 것들」 부분

나이가 들면 자존심을 내려놓기가 쉬워진다. 부끄러움도 적어진다. 자부심이 적어지기 때문인데, 오히려 편하다.

시 속의 화자도 상대방의 흉금을 터놓은 독백 같은 말을 듣고서 비로소 상대의 속내를 알게 된다. 그 자부심 강하던 사람이 약한 소리를 한다. '사람은 늙고 바다는 여전히 싱싱하다'고. 그러자 팽팽하게 자존심 줄다리기를 하던 마음이 무너진다. 아무것도 욕심내지 말고, 그냥 만만한 상대가 되어줄 걸 그랬다 싶다. 그래서 화자도 독백한다. "미안해요 / 당신의 전부가 되어주지 못해서". 지는 게 이기는 것이란 말이 딱 이럴 때 적합한 표현일까. 사실, 패배를 미리 인정하는 상대와는 싸움이 불가능하다.

밥 잘 먹고 잘 자라는
당신이 보내온 문자 속에
당신이 보내지 못한
외로움 한가득

…

울컥 힘없는 당신 모습 떠올라
당신 없는 내 곁

당신
나도 고프다
–「불과 며칠 사이」 부분

불과 며칠 헤어져 있을 뿐인데, 밥 잘 먹고 잘 자라는 평범한 문자 속에서도 상대의 외로움이 읽힌다. 나도 외롭다.

외로움으로 배부른 두 사람이 서로를 바라본다. “당신/ 나도 고프다”라는 말이 참으로 절실하게 울린다. 이런 관계, 참말 부럽다.

그래서 최윤경 시인의 관계에 대한 탐구는 다음 시에서 결론이 난다.

나 너에게 깊이 닿았다
오랜 시간과
오랜 바람과
오랜 가슴이
이제야 열렸다

너무 오래 걸렸다
너를 내 맘에 오게 하기까지

많이 힘들고
많이 아팠다
너를 온전히 안아주기까지

너는 나를 참아주고
나는 너를 참아주고

애썼다 기다려주느라고
애썼다 바라봐주느라고

이제야 너에게 따뜻이 들려주는 말

나 너에게 온통 닿았다

–「마음과 마음이」 전문

사랑에 빠질 때는 한순간의 주고받는 눈빛이나 한 마디의 대화로도 가능하지만, 서로가 서로에게 스며드는 데는 많은 시간이 필요하다. 예민하고 자아가 강한 사람에게는 그것이 더욱 어렵다. 자아自我는 자신을 온통 버티어 주는 정신과 내면인데, 원한다고 해서 마음대로 되지 않는다. 배의 속살처럼 연해 보이는 사람이 사실은 철벽을 치고 있을 수도 있다. 그런 두 사람이 서로에게 닿는 일은 기적처럼 어렵다. 그래서 '많이 힘들고 많이 아팠다'고 시인은 말한다. 서로를 참아주고, 기다려주고, 바라봐주고…. 이제야 말할 수 있다. '나 너에게 온통 닿았다'고. 이런 사랑의 고백은 정말 얼마나 희귀한가. 부자가 되는 것보다, 유명인이 되는 것보다, 한 사람의 내면에 온전히 닿는 일이 더 어려운 일일 수도 있지 않은가.

그리하여 젊은 시절 비극적 세계관에서 출발한 최윤경 시인의 시는 지금 새로운 경지에 접어들었다. 평안과 위로를 위한 시의 길이다. 시 「부드러운 길」은 시인의 그러한 마음의 경지를 잘 보여주고 있다.

숲길을 가만가만 걷고 있자니

단단한 것들 몸 푸는 소리가 난다

조곤조곤 말 거는 몸짓이 온다

묵어 옹이가 되어버린 감정들

물렁한 손결 내밀며 살을 기댄다
부드러운 숲에 깃드니
나도 부드러움에 이른다
햇살을 안고 있는 나뭇잎 사이로
끄덕이며 바람이
끄덕이며 내가
길을 낸다
길이 나를 지난다
나무만큼 하늘만큼
사람이 푸르다
허공이 빛난다
–「부드러운 길」 전문

아늑한 숲길에 들어서자, 마음이 따뜻해진다. 주변 모든 것이 내게 말을 거는 것 같다. 바람에 사각거리는 나뭇잎, 꺾어지며 살짝 소리를 내는 잔가지, 발에 채이는 작은 자갈들…. 사실 이것은 내 주변 사람들이 내게 내미는 따뜻한 손길이고, 부드럽게 속삭이는 소리다. 해묵은 원망과 서러움이 가벼워지고, 단단하게 뭉쳐 있던 마음이 풀린다. 내 마음이 바뀌면 나를 둘러싸고 있는 세상 전체가 부드러워지는 신기한 경험을 누구나 하지 않는가. 시인의 마음이 지금 그렇다. 잠깐의 화해가 아니라, 앞으로도 오래 그럴 것이라고 믿어지는 평안이다. 조용한 행복을 느끼며 시인은 앞으로 천천히 나아간다. 길이 저절로 열리며, 사람이 아름답게 느껴지고, 자연이 빛난다. 시제인 '부드러운 길'은 시인의 부드러워진 마음이다. 이 마음은 자신과의 화해, 사랑하는 사람과의 화해, 주변과의 화해를 거쳐, 타인을 위로해줄 수 있는 경지에까지 왔다.

그러고 보면, 나태주 선생의 표사가 최윤경 시인의 이번 시집의 핵심을 짚고 있음을 볼 수 있다. 선생은 최윤경 시인이 '나'의 존재와 함께 '너'를 읽어내고 있다고, 오로지 내 설움, 내 기쁨만으로가 아니라 남의 설움, 남의 기쁨을 받아들여 내 설움, 내 기쁨으로 바꾸는 단계라고 했다. 그리고 이런 외연의 확대가 세상에 도움이 되는 시를 쓰게 될 계기라고 하셨다.

사실 시쓰기는 시인의 입장에선 자신의 마음을 치유하기 위한 과정이다. 그런데 여기서 한 걸음 더 나아가, 사람들의 마음을 위로해 줄 수 있다면 더 바랄 것이 없다. 그렇지만, 그 한 발자국 내딛기가 얼마나 어려운가. 그런 의미에서, 이번 시집 『지는 것에 대한 화해』에서 최윤경 시인이 '둥근 시'의 큰 한 걸음을 완수하셨음을 다시금 축하드려야겠다.

최윤경

최윤경 시인은 대전에서 태어났고, 2004년『시와 시학』으로 등단했다. 시집으로는『슬픔의 무늬』와『오늘은 둥근 시가 떴습니다』가 있다.
첫 시집,『슬픔의 무늬』에서 "슬픔은 사라지는 게 아니고 문드러져 뼈에 스미는 것"(「슬픔이 슬픔에게」)이라는 최고급의 성찰과 인식의 깊이를 보여주었던 최윤경 시인은 그 오랜 절차탁마의 과정 끝에 자아와 자아, 나와 당신, 그리고 수많은 사람들과의 불화를 다 해소하고, "와스스 무너지는 꽃들의 우레 같은 절규"를 너무나도 아름답고 감동적으로 받아들인다.
최윤경 시인의 세 번째 시집인『지는 것에 대한 화해』는 대화엄의 세계이며, '지는 것이 더욱더 아름다울 수도 있다'는 것을 '꽃들의 우레와도 같은 절규'를 통해 보여준다.

이메일: yn6456@naver.com

최윤경 시집
지는 것에 대한 화해

발행 2022년 11월 18일
지은이 최윤경
펴낸이 반송림
편집디자인 반송림
펴낸곳 도서출판 지혜
주 소 34624 대전광역시 동구 태전로 57, 2층 도서출판 지혜(삼성동)
전 화 042-625-1140
팩 스 042-627-1140
전자우편 ejisarang@hanmail.net
eji@ji-hye.com
애지카페 cafe.daum.net/ejiliterature

ISBN : 979-11-5728-492-4 03810
값 10,000원